CONGRÈS INTERNATIONAL D'HYGIÈNE

DE

GENÈVE

1882

TROISIÈME SECTION

VIDANGES ET ÉGOUTS

COMMUNICATION

DE

M. A. DURAND-CLAYE

INGÉNIEUR EN CHEF DES PONTS ET CHAUSSÉES
PROFESSEUR AUX ÉCOLES NATIONALES DES BEAUX-ARTS
ET DES PONTS ET CHAUSSÉES
VICE-PRÉSIDENT DE LA SOCIÉTÉ DE MÉDECINE PUBLIQUE
ET D'HYGIÈNE PROFESSIONNELLE DE PARIS

PARIS

IMPRIMERIE CHAIX

IMPRIMERIE ET LIBRAIRIE CENTRALES DES CHEMINS DE FER

SOCIÉTÉ ANONYME

Rue Bergère, 20, près du boulevard Montmartre

1882

REVUE D'HYGIÈNE ET DE POLICE SANITAIRE

COMPTE RENDU

DU

CONGRÈS INTERNATIONAL D'HYGIÈNE

DE GENÈVE

EN 1882

EXTRAIT

SÉANCES DES SECTIONS

PREMIÈRE SECTION

HYGIÈNE GÉNÉRALE INTERNATIONALE ET ADMINISTRATIVE

Président : M. le Dr REVILLIOD

TROISIÈME SECTION

APPLICATIONS A L'HYGIÈNE DE LA PHYSIQUE,
DE LA CHIMIE, DE L'ARCHITECTURE ET DE L'ART DE L'INGÉNIEUR,
HYGIÈNE PROFESSIONNELLE ET INDUSTRIELLE

Président : M. MOUNIER

Professeur de chimie biologique à l'Université de Genève

PARIS

IMPRIMERIE CHAIX

IMPRIMERIE ET LIBRAIRIE CENTRALES DES CHEMINS DE FER

SOCIÉTÉ ANONYME

Rue Bergère, 20, près du boulevard Montmartre

1882

COMPTE RENDU

DU

CONGRÈS INTERNATIONAL D'HYGIÈNE

DE GENÈVE

En 1882

PREMIÈRE SECTION

HYGIÈNE GÉNÉRALE INTERNATIONALE ADMINISTRATIVE

Président, M. le Dr REVILLIOD.

Séance du mercredi, 6 septembre.

Étiologie et prophylaxie de la fièvre typhoïde, par M. le Dr ARNOULD, professeur d'hygiène à la Faculté de médecine de Lille.

Commencée à la fin de la séance précédente, cette communication tient la plus grande partie de cette séance sans jamais lasser, on peut le dire, l'attention des membres de la section qui ont suivi, avec un puissant intérêt, les savants développements donnés par M. le Dr Arnould à ses idées si complètes et si étudiées sur cette importante question. En voici le résumé sous la forme des conclusions de l'auteur.

A. Étiologie : 1. *Question de nature.* — La fièvre typhoïde a les allures des maladies *spécifiques*, pour un certain nombre desquelles la nature parasitaire est démontrée. En tant que spécifique, elle n'est jamais ni spontanée, ni engendrée de l'action banale des agents extérieurs. Il est *rationnel* de la compter au nombre des maladies parasitaires ; mais on ne saurait, actuellement, regarder le fait comme complètement acquis, en présence des divergences des expérimentateurs sur le type du parasite supposé, — de l'incertitude des résultats cliniques obtenus par l'inoculation aux animaux, — et surtout des doutes légitimes qui règnent chez les médecins à l'égard de l'aptitude à la fièvre typhoïde des espèces animales autres que l'homme.

2. *Milieux naturels.* — Les milieux de conservation et, éventuellement, de reproduction de l'agent typhogène sont :

a. Le *sol*, dans de certaines conditions de structure, d'humectation et de saturation infectieuse ; mais plutôt à la surface que dans la profondeur ; de telle sorte que le sol peut être remplacé par un support de toute autre nature et n'est pas un lieu de passage nécessaire de l'agent pathogène ;

b. L'*eau* ; mais probablement pendant peu de temps et à la condition d'un certain degré de souillure organique ;

c. L'*air*, comme le prouvent les faits de contagion directe (cas *intérieurs*) et comme on peut l'induire de cette notion : que l'air des rues renferme plus de microbes que l'air des champs, et l'air des habitations plus que celui des rues. Mais, les produits pathologiques de la fièvre typhoïde quittant le malade à l'état humide ne sont complètement aptes à infecter l'air qu'après le temps nécessaire à leur dessication et leur pulvérulence. L'air n'agit, en effet, spécifiquement, que comme véhicule de corpuscules infectieux déterminés et non par les émanations dont il peut être pénétré, gaz, vapeurs. odeurs, lors même que ces émanations proviendraient de latrines ou d'égouts ;

d. L'homme et les objets à son usage, au moins à titre de surfaces indifférentes et de réceptacles pareils à ceux que l'on sait recueillir les germes de la variole ou d'autres maladies spécifiques. — En outre, la marche d'un grand nombre d'épidémies, que l'on voit débuter par des embarras gastriques et des diarrhées ; l'influence décisive de circonstances extérieures, banales, sur l'éclosion de certains cas de fièvre typhoïde ; les épidémies nées à distance, dans le temps et dans l'espace, de tout foyer, et sans importation apparente, portent à croire que l'homme lui-même peut véhiculer, dans ses voies digestives ou respiratoires, l'agent typhogène à l'état latent, sans développement immédiat, mais conservant l'aptitude à se multiplier et à devenir envahissant, après un temps assez long sous l'influence de conditions déprimantes ;

e. Les aliments, en tant que supports éventuels, mais sans que rien prouve suffisamment qu'ils puissent être un milieu de multiplication. La véhiculation n'est démontrée que pour le lait, qui, dans ce cas, joue le même rôle que l'eau et n'agit peut-être que par l'eau. La nature des épidémies typhoïdes, attribuée à l'usage de viandes altérées, reste discutable.

3. *Réceptivité.* — La réceptivité pour la fièvre typhoïde est *complexe* et *positive,* au lieu d'être simple et négative comme la réceptivité pour la variole. — Elle est constituée par :

1° *L'absence d'atteinte antérieure ;*

2° *L'âge* de 16 à 40 ans (la plus grande fréquence est entre 20 et 25 ans), sans exclusivisme rigoureux.

3° La *non-accoutumance* aux milieux typhogènes;

4° *L'influence banale de la souillure des milieux*, telle qu'elle résulte des conditions ordinaires de la vie des groupes :

Sol putride avec ses exhalaisons,

Eau de boisson imprégnée d'immondices,

Air animalisé, septique, de la vie en commun, de l'encombrement, des habitations assaillies par les émanations fécales, des locaux malpropres au dedans et à la périphérie;

5° Les *fatigues*, les *excès*, les *passions tristes;*

6° L'usage d'*aliments putrides.*

Les circonstances précisées dans les trois derniers numéros peuvent se résumer sous le titre de *Conditions dépressives.* Celles du 4° ont une telle importance qu'il faut leur reconnaître une adaptation spéciale. Elles semblent parfois primer l'action du moteur typhogène, au point que certains épidémiologistes les substituent simplement à celui-ci dans l'étiologie.

4. *Épidémicité.* — La fièvre typhoïde, dans l'époque actuelle, semble avoir remplacé les maladies populaires d'autrefois, la peste, le typhus exanthématique, etc. Elle règne sur toutes les classes, à la ville et à la campagne, dans les localités les plus diverses, sur toutes les races d'hommes. Géographiquement, elle est ubiquitaire. — Le monde civilisé traverse, en ce moment, un « règne » de fièvre typhoïde. Le fait est explicable sans l'intervention du « génie épidémique ».

B. PROPHYLAXIE. — La prophylaxie de la fièvre typhoïde doit s'adresser : 1° Avant les épidémies : *a.*

Aux milieux de conservation de l'agent typhogène. — Protéger le sol des lieux habités contre la pénétration à prévoir de cet agent : par la propreté générale des rues, la suppression des récipients de matières fécales dans la maison, le drainage du sol, l'évacuation immédiate des matières excrémentitielles. — Approvisionner les centres urbains ou ruraux d'eau de source, amenée de loin, par des conduites qui l'abritent sur tout son parcours contre toute souillure. Construire les habitations, et particulièrement les habitations collectives de façon à les préserver de la stagnation des poussières atmosphériques ; leur assurer le renouvellement de l'air par grands déplacements.

b. Aux facteurs de la réceptivité. — Nous ne pouvons rien sur les deux premiers (Voy. plus haut); contre le troisième, on ne doit pas essayer l'acclimatement au miasme typhoïde. Contre les autres nous avons les ressources de l'hygiène générale. Celles-ci doivent être plus spécialement appliquées aux groupes militaires et aux groupes industriels. Elles n'ont de chances de l'être avec efficacité qu'entre les mains d'une *Direction médicale* de la santé publique, reproduite dans l'ordre militaire par la Direction médicale de la santé de l'armée. Ne pas oublier que le germe et la réceptivité typhoïdes sont aujourd'hui un peu partout; il y a là un vaste effort à tenter en hygiène publique.

2° Pendant les épidémies : *c. A l'agent typhogène.* — Le traiter comme un parasite réel partout où on le soupçonne. Désinfection générale et spéciale.

d. A l'homme. — L'isolement des malades n'est pas rigoureusement indiqué, mais serait plus sûr que la libre pratique. — Éloigner des malades les personnes le plus

sûrement douées de réceptivité. — Évacuer les foyers. —
Ménager et soutenir ceux qui en proviennent.

M. le D^r DE CÉRENVILLE, médecin en chef de l'hôpital
cantonal de Lausanne, lit ensuite un mémoire sur la
fièvre typhoïde dans cette ville depuis 1863. Le graphique, qu'il présente à l'appui, montre que la maladie a
surtout pris le caractère d'une épidémie en même temps
que de grands travaux de terrassements entrepris pour
établir une abondante distribution d'eau potable dans la
ville ; depuis cette distribution, qui fournit à profusion une
eau d'excellente qualité, la salubrité de la ville s'est notablement accrue et la fièvre typhoïde est devenue beaucoup
plus rare qu'auparavant. En dehors de ces circonstances,
cette affection s'est particulièrement montrée le long d'un
égout naturel mal entretenu, ou à la suite de pollution
accidentelle des eaux potables. M. de Cérenville cite encore quelques exemples d'incubation extrêmement courte,
prompte, de la fièvre typhoïde, l'un chez un infirmier,
en bonne santé, aussitôt après avoir secoué les draps d'un
typhique et sur lui-même après avoir pratiqué une autopsie de malade atteint de cette même affection.

M. le Dr PROUST fait remarquer combien nos connaissances ont besoin d'être précisées sur la nature et l'étiologie
de la fièvre typhoïde ; la richesse des microbes, décrits
pour l'expliquer, en montre la pénurie ; d'ailleurs, M. Pasteur n'a pu constater de microbe spécial dans le sang,
recueilli aussitôt après la mort, chez 8 typhiques morts
dans ces derniers temps dans son service de l'hôpital Lariboisière. Il importerait donc d'établir scientifiquement
à quelle théorie, tellurique, typhogénique ou spécifique,
il faut se rallier, dans ce but, comme il l'a déjà fait au
Congrès de Turin, il émet le vœu qu'une commission in-

ternationale fixe d'ici le prochain Congrès un plan uniforme, international, de recherches, et il propose à cet effet le programme qu'il a rédigé au nom du Comité consultatif d'hygiène publique de France, programme dont il donne lecture. (*Revue d'hygiène*, t. I.)

M. le Dr Soyka, l'un des plus distingués privat-docent de l'Institut d'hygiène de Munich, fait connaître de nouvelles recherches à l'appui de l'opinion depuis longtemps formulée par cette école concernant l'influence de l'accroissement et de la diminution de la nappe d'eau souterraine sur les variations de l'endémie typhique ; ces recherches se rapportent aux villes de Munich, Paris et Clermond-Ferrand. Il considère ce qu'on appelle les épidémies de maison comme des exceptions, sauf dans certaines casernes neuves, et il s'associe en terminant au vœu et au programme de M. Proust.

M. Duplessis (de Paris), inspecteur vétérinaire, rapporte un certain nombre d'épizooties dites de fièvre typhoïde, qui ont sévi chez les chevaux de l'armée française en même temps que leurs cavaliers étaient atteints de la fièvre typhoïde ; aussi n'est-il pas loin d'admettre une certaine analogie entre ces deux affections, dont il a remarqué que la virulence était accrue dans les mêmes circonstances. La découverte par M. Pasteur du microbe de la fièvre typhoïde des chevaux lui paraît propre à amener bientôt pareil résultat en ce qui concerne la maladie ainsi dénommée chez l'homme.

M. le Dr Arnould, croit, comme M. de Cérenville, que les travaux de terrassements accomplis dans les villes en ramenant à l'air les germes déposés dans le sol, exaspèrent en quelque sorte la réceptivité pour la fièvre typhoïde. Il approuve également la théorie de M. Soyka pour certains cas isolés, comme à Munich ; mais

il ne croit pas qu'elle puisse donner une explication
générale, car il remarque dans les exemples cités que
les effets les plus manifestes des alternances de dessicca-
tion et d'humidité du sol par suite des variations de
niveau de la nappe d'eau souterraine, se sont produits
dans les quartiers les plus bas et les plus souillés.
Enfin, tout en approuvant le vœu et le programme de
M. Proust, il souhaite qu'on rencontre pour les appliquer une organisation plus agissante, plus réelle que
celle des Conseils d'hygiène en France; ce programme
rédigé depuis quatre ans pour ceux-ci n'a pas encore
été présenté ni discuté dans le Conseil dont il fait partie.

M. le Dr Landowki (d'Alger) ajoute que partout où se
font des travaux quelconques d'assainissement ou de
défrichements, la mise à nu des matières organiques,
déterminant la propagation de microbes spécifiques quelconques, produit des effets analogues à ceux qui viennent d'être signalés.

TROISIÈME SECTION

APPLICATIONS A L'HYGIÈNE

DE LA PHYSIQUE, DE LA CHIMIE, DE L'ARCHITÉCTURE ET DE L'ART
DE L'INGÉNIEUR, HYGIÈNE PROFESSIONNELLE ET INDUSTRIELLE.

Président : M. MONNIER, professeur de chimie biologique à
l'Université de Genève.

Séance du mardi, 5 septembre.

I. *Les vidanges et les égouts.* — Nos lecteurs savent
que les discussions auxquelles s'est livrée la Société de
médecine publique pendant plusieurs de ses séances de
cette année sur les divers modes d'évacuation des
immondices avaient été, d'un commun accord, remises
après le débat, qui devait avoir lieu sur le même
sujet au Congrès de Genève. Ce débat a en effet occupé
trois séances de la section. Nos collègues de la Société
de médecine publique, MM. Durand-Claye, Émile Trélat,
Brouardel, Vidal y ont produit tout ou partie des argu-
ments qu'ils avaient précédemment développés dans des
discussions insérées ici même ; nos lecteurs nous permet-
tront de renvoyer, en ce qui les concerne, à leurs dis-
cours que nous avons précédemment publiés.

M. DURAND-CLAYE expose tout d'abord l'état de la

question dans les divers pays, et défend son opinion en faveur du système dit tout à l'égout avec utilisation agricole des eaux d'égout, telle qu'il la pratique avec tant de succès à Gennevilliers. (*Passim* dans la collection de la *Revue d'hygiène*, 1882, p. 331, 424, 521 et 582, et tirage à part, p. 48, 61, 105, 117.)

M. le Dr BROUARDEL renouvelle les objections qu'il a présentées dans son rapport officiel sur les causes de l'infection de Paris, et soutient ses critiques vis-à-vis du système préconisé par M. Durand-Claye, tant au point de vue de la prophylaxie de la fièvre typhoïde qu'au point de vue pratique. Il pense que la solution de la question est dans l'établissement d'égouts fermés ne recevant que des matières fécales et avec aspiration à l'extrémité. (*Revue d'hygiène*, t. III, et 1882, p. 316, 520, et tirage à part, p. 32, 104.)

M. ÉMILE TRÉLAT répond à M. Brouardel en soutenant les conclusions du rapport qu'il a présenté à ce sujet à la Société de médecine publique. (*Revue d'hygiène*, 1882, p. 112, et tirage à part, p. 17.)

M. le Dr TEISSIER (de Lyon) a fait, avec M. le Dr Arloing, des recherches expérimentales sur l'eau de l'égout de l'hôpital de la Charité, à Lyon. Bien que cet égout reçoive les matières excrémentitielles de toute nature, ses eaux sont relativement propres ; cependant, lorsqu'on les inocule à des cobayes, ceux-ci ne tardent pas à succomber par septicémie. Il croit qu'il est prudent de réclamer pour les matières fermentescibles un système de canalisation à part, parfaitement isolé de l'air que nous respirons et de l'eau que nous buvons.

M. le Dr VIDAL (de Paris) ne saurait admettre le système dit tout à l'égout pour toutes les raisons qu'il a déjà développées devant la Société de médecine publique.

— 13 —

(*Revue d'hygiène*, 1882, p. 498 et 581, et tirage à part,
p. 82, 116.) Au point de vue de l'utilisation des eaux
d'égout comme à celui de la salubrité des villes, il est
d'avis que la canalisation séparée pour les matières
fermentescibles des eaux ménagères, vidanges, etc., canalisation étanche et fermée, est la meilleure solution.

Séance du mercredi 6 septembre.

*Continuation de la discussion sur les vidanges et les
égouts.* — M. le Dr PACCHIOTTI (de Turin) voudrait que
la discussion ne s'égarât pas dans des détails particuliers
à telle ou telle ville ; ce qui doit dominer dans le Congrès, c'est la question des principes sur lesquels doit se
baser de tous côtés l'application, car ce sujet a éminem-
ment un caractère international.

M. DUVERDY (de Paris) critique les résultats de l'épura-
tion des eaux d'égout par le sol, à Gennevilliers et auprès
de Berlin. Les médecins déclarent que les immondices
doivent séjourner le moins possible dans les égouts et
l'on ne craint pas de les répandre sur le sol ; cette
manière d'agir lui paraît une grave inconséquence. Il ne
saurait admettre d'autre système que celui qui permet-
trait de séparer les matières, et il voudrait surtout que
les déjections des malades ne soient pas mélangées avec
celles des hommes sains. D'ailleurs, il n'est pas encore
bien sûr que la commune de Gennevilliers soit si désireuse
de garder le débouché des égouts ; elle est en ce moment
éblouie des avantages de toutes espèces dont la comble
la ville de Paris ; mais il pourrait arriver qu'il n'en fût
plus de même. A Berlin déjà, les mêmes essais, quoique

dans de meilleures conditions, ne donnent que des résultats très contestables.

M. le Dr Varrentrapp (de Francfort-sur-le-Mein), dont
la compétence en cette question est si universellement
reconnue, s'exprime en ces termes :

« Une observation locale même très exacte ne nous
autorise pas à en tirer des conclusions générales, comme
on l'a fait hier. La question du meilleur mode de vidange,
du meilleur type de construction d'égouts est une question de principe, une question internationale ; il ne faut
pas la rétrécir à une discussion sur la plus ou moins grande
perfection ou imperfection des égouts de Paris. Les résultats
de Paris ont pour sûr une très grande valeur pour nous
tous, car nulle part on n'a dépensé plus de zèle, plus
d'intelligence, plus d'argent pour des constructions sani-
taires qu'à Paris. Mais l'expérience de Paris ne tranche
pas la question. Je veux pour le moment accepter l'imperfection des égouts de Paris; elle se conçoit au reste si
on se rappelle qu'on s'est cru engagé à rattacher souvent
les nouveaux égouts aux anciens. S'il y a stagnation, si
des dépôts se forment dans les égouts de Paris, c'est
fâcheux; mais cela ne prouve pas que les dépôts des
égouts soient inhérents à tout système d'égouts. La question est de savoir si l'on peut construire des égouts dans
lesquels des dépôts ne se forment pas. Eh bien, je dis :
oui. Je ne veux pas parler de l'expérience faite à Hambourg, Dantzig, Berlin, dont j'ai visité les égouts sans y
rencontrer de dépôts. Je ne vous parlerai que de Francfort qui m'a donné l'occasion d'observations journalières.

« Nous avons un réseau d'égouts d'après le principe
« tout à l'égout ». Il a commencé, il y a quinze ans ; il a
aujourd'hui une longueur de 130 kilomètres avec 25,000
water-closets (non obligatoires). Jamais encore pendant

ces quinze ans (excepté le temps de construction) un ouvrier n'est descendu dans les égouts avec un balai, une drague ou autre instrument de nettoyage. Leur propreté est garantie par l'eau de nos ménages (on nous fournit par jour 15 à 18,000 mètres cubes) ; cette eau est accumulée tantôt par ici, tantôt par là, dans une progression régulière au moyen de vannes destinées à faire des chasses d'eau. Il est tout exceptionnel que si l'on demande à la Compagnie des eaux une petite quantité d'augmentation pour le lavage direct des égouts. Eh bien, il n'y a jamais eu de depôts ni dans les petits égouts ni dans le grand collecteur dont la pente est cependant moindre encore que 1 sur 2,000. J'invite les membres de la section à vouloir bien venir à Francfort, à l'heure inattendue qui leur conviendra, et à nous indiquer sur le plan de Francfort à quel endroit ils veulent faire l'inspection des égouts ils les trouveront sans dépôt, presque sans odeur, au moins absolument sans odeur de déjections humaines. Le voyage des eaux d'égout, depuis le water-closet de la maison la plus éloignée jusqu'au débouché du grand collecteur, est à peu près d'une heure et demie. Francfort croit avoir prouvé que l'on peut très bien construire des égouts qui excluent la stagnation.

« J'arrive maintenant à la statistique avec laquelle on fait continuellement les plus grands abus, même avec des chiffres qui sont vrais en eux-mêmes, par des conclusions générales précipitées. Je commence par la ville de Francfort. Depuis 1850, nous possédons une statistique des causes de décès des plus exactes. Partout les premières périodes de cinq ans nous avions 85 cas de décès pour fièvre typhoïde par an sur 100,000 habitants ; dans les dix dernières années, ce chiffre a beaucoup diminué ; dans les derniers cinq ans, il a été moindre qu'auparavant ; en 1881, il était de 11 sur 100,000. Comparez ces chiffres avec ceux de Paris qui, dans quelques années, sont décuplés. Je ne suivrai pas l'exemple de ceux que je critique ; je ne dirai pas que cette amélioration est l'effet de notre système d'égouts, car il y a une foule de causes qui y coopèrent ; avant tout, il faut se rappeler que la fièvre typhoïde de ce temps se prête bien peu à une comparaison avec celle de la période de dix ou trente ans en arrière, parce qu'elle est presque partout en Europe en marche rétrograde, tandis que de nouvelles maladies se montrent, telle que la diphtérie. Toutefois on me permettra une conclusion négative, c'est que, d'après les observations faites à Francfort, le système « tout à l'égout » n'augmente pas, mais contribue avec d'autres causes à diminuer la fréquence et la gravité de la fièvre typhoïde. Si vous vouliez faire une comparaison, non pas d'une période à l'autre, mais de maisons rattachées aux nouveaux égouts avec celles non rattachées, prenez comme exemple très instructif celui de Berlin. Depuis les dernières années où la canalisation y est en rapide progrès, dans les maisons rattachées aux égouts, la mortalité par fièvre typhoïde a diminué d'un tiers, tandis que dans les maisons qui ne sont pas encore décidées à cette communication, elle n'a pas diminué.

L'expérience de Hambourg et de Dantzig nous apprend la même chose. On a cité la forte épidémie de fièvre typhoïde qui a eu lieu une dizaine d'années après avoir introduit les égouts et l'irrigation dans cette ville ; eh bien oui, il paraît qu'elle dépendait en partie au moins d'une défectueuse construction des égouts, principalement avec leur manque total de ventilation. Mais est-ce une raison pour condamner le système « tout à l'égout » ? Si par inattention il y a une explosion de gaz dans une ville, chasse-t-on le gaz pour cela? Revient-on aux vieilles chandelles? A Croydon, on a remédié aux défauts de construction signalés, et depuis lors la mortalité de Croydon est des plus basses de l'Angleterre, plus basse qu'aucune ville de France et d'Allemagne, dont je connais les chiffres, elle est à peu près de 11-15 sur 1,000.

« Des médecins très distingués de Glasgow, etc., croient pouvoir prouver qu'avec le nombre des water-closets, la diphtérie augmente. Eh bien, ne prenez pas les chiffres de quelques rues et de quelques maisons. Prenez une base plus large; or, la statistique officielle de l'Écosse nous apprend que, pendant les dernières quinze années, les décès par diphtérie ont été plus fréquents dans les districts ruraux que dans les districts urbains. Est-ce que les petites maisons des villageois ont plus de water-closets et d'égouts que les villes? Toute la Prusse compte dans sa population campagnarde une plus forte mortalité par diphtérie que la population urbaine. Même question... L'Angleterre avait, de 1862 à 1866, par suite de diphtérie, à peu près 10,000 cas de décès par an; de 1870 à 1880, elle en a eu à peu près 3 à 4,000 par an. A-t-on diminué le nombre des water-closets et des égouts dans la dernière dizaine d'années? Le gouvernement de la Podolie, de même que celui de l'Ukraine, avait à peu près trois fois autant de cas de décès par diphtérie que toute l'Angleterre; quel est le nombre de kilomètres d'égout en Angleterre et en Podolie? Allons un peu lentement avec nos conclusions générales tirées de quelques séries isolées de chiffres.

« Un autre orateur a dit que, dans la proximité de l'égout du nord de la ville de Saint-Denis, il y avait eu une forte éruption de fièvre typhoïde, plus forte que dans d'autres parties de la ville. Et, a-t-il ajouté « si ceci

est arrivé dans la proximité du grand collecteur, où il n'y a pas de stagnation, quel sera l'état dans les malheureuses parties de la ville où il y a stagnation »? Eh bien, là, il y en avait bien moins. Preuve claire 1° que les égouts n'avaient rien à faire avec cette éruption de fièvre typhoïde, et 2° qu'il faut tourner les investigations vers d'autres causes non encore connues. Ou s'il faut promptement tirer une conclusion générale, ne serait-ce pas celle que la stagnation est plus salubre que la circulation?

« Finissons-en avec ces discussions sur le passage des matières fécales par les égouts. Un orateur a dit que ce n'étaient que les déjections humaines dans les égouts qui constituaient un danger, qui étaient fermentescibles. Est-ce que les eaux de la cuisine et des buanderies ne le sont pas? Est-ce que l'eau provenant de la cuisine ne répand pas plus vite une mauvaise odeur que les water-closets? Un autre orateur veut qu'on fasse une distinction exacte entre l'eau des égouts d'après le système « tout à l'égout » et ceux qui excluent des déjections. Ne sait-il pas que, d'après les recherches exactes et multipliées de Pettenkofer et de beaucoup d'autres savants, la chimie ne nous laisse pas découvrir une différence, quelque peu notable qu'elle soit, entre ces deux eaux, quand on fait l'analyse de ces deux sortes d'eaux, alors que, dans une partie de la ville l'introduction des déjections dans les égouts publics est permise, et que, dans l'autre, elle est défendue? Le même orateur réclame l'exclusion des déjections, et surtout des déjections morbides, du système général d'égouts d'une ville, et demande que, comme d'après le système Liernur, les déjections soient réservées à un égout bien plus petit en diamètre. Comment voulez-vous trier, loin des égouts communs, les excréments des 80,000 chevaux que vous trouvez dans la ville de Paris? Les déjections des cholériques, des malades atteints de fièvre typhoïde, des enfants, ne viennent jamais dans les conduits de Liernur ; au contraire, les linges qui les reçoivent sont lavés, et viennent ainsi dans les égouts communs et non dans les canaux de Liernur ou du « separate system » de Memphis. Soyons sérieux et abandonnons le rêve séduisant de pouvoir séparer selon notre gré les différentes sortes de déjections. Donc il faut le tout à l'égout, et avant tout beaucoup d'eau. »

M. Smith (de Londres) se déclare de suite partisan du tout à l'égout, mais il est important de reconnaître que le tout à l'égout, mal organisé, peut devenir plus dangereux que l'ancien système des fosses. On a parlé, à plusieurs reprises, de Croydon; mais on a oublié de citer la partie la plus intéressante de l'expérience acquise à Croydon. C'est en 1851 que l'on commença à construire des égouts à Croydon, et la mortalité était de 18,53 pour 1,000 ; mais, lorsqu'en 1853 on eut terminé les égouts, on constata une mortalité de 28,57 pour 1,000 ; et, chose remarquable, ce n'étaient plus les pauvres, habitant les bas quartiers de Croydon, qui étaient les premiers à souffrir, mais les personnes riches dans leurs belles villas situées sur les hauteurs de la ville.

« L'explication de ce phénomène désastreux est facile. Les égouts étaient construits avec grand soin; l'écoulement des matières était rapide, mais les égouts manquaient de ventilation. Mais les émanations, suivant les lois de la nature, ont d'habitude une tendance à monter vers le point le plus élevé du canal, avant de s'échapper au dehors. Elles deviennent de plus en plus dangereuses, en raison de leur séjour prolongé dans l'égout et des difficultés d'en sortir. Ce ne fut qu'en 1866 qu'on se décida à ventiler les égouts de Croydon, et la mortalité, qui s'était maintenue à un taux très élevé, tomba immédiatement à 18 pour 1,000, et cela malgré l'énorme accroissement de la population, qui se chiffrait à plus de 50,000 personnes. A Leeds, l'Elbeuf de l'Angleterre, se renouvela la même expérience. Là on construisit, à grands frais, des égouts pour le quartier riche de la ville; et, au lieu de diminuer, la mortalité et les fièvres éruptives augmentèrent sensiblement. Robert Rawlinson, consulté à ce sujet, constata que les égouts n'étaient pas ventilés, et que les bouches d'égouts, donnant sur la rue, étaient protégées par des siphons ou coupe-vents. Immédiatement il donna l'ordre de briser ces siphons, et chaque bouche d'égout devint par le fait un ventilateur pour l'égout.

» Ne valait-il pas mieux ventiler dans la rue, que de ventiler dans les maisons? L'effet favorable sur les tables de mortalité fut immédiat ; et les habitants, désappointés d'abord, eurent bientôt lieu de se féliciter de la construction d'égouts dans leur ville. Enfin on nous a parlé de la fréquence de la fièvre typhoïde dans les environs du grand égout situé au nord de Paris, et on a été porté à l'attribuer à la mauvaise construction de cet égout. Mais ce n'est peut-être pas là l'explication.

« Le quartier nord de Paris occupant une position élevée, l'égout, n'ayant pas de ventilation, reçoit les émanations des quartiers inférieurs, qui montent vers lui.

« Néanmoins et malgré tous les défauts et accidents qui peuvent se produire dans certaines localités, l'expérience acquise en Angleterre démontre le grand bienfait qui résulte de la construction d'égouts dans la plupart de nos villes. On a parfaitement raison de dire que les statistiques, prises en détail, sont trompeuses ; mais elles ont une certaine autorité si les calculs sont basés sur un grand nombre de personnes et d'années. En prenant, par exemple, la mortalité pour toute l'Angleterre pendant une période de trente ans, nous avons une démonstration assez concluante ; car, de 1850 à 1860, lorsque les travaux modernes d'égouts et d'assainissement n'étaient que dans leur enfance, la mortalité provenant de la fièvre typhoïde, ce que nous appelons la fièvre des égouts (sewer fever), s'élevait à une proportion moyenne de 0,91 pour 1,000 de la population.

« La décade de 1860 à 1870 représentait encore une période de transition, et la mortalité moyenne s'abaissait à 0,89 pour 1,000. Mais, pendant les années 1870 à 1880, lorsque d'énormes travaux furent terminés, la moyenne de la mortalité due à la fièvre typhoïde n'était que de 0,49 pour 1,000. Enfin en 1881, la mortalité par la fièvre typhoïde n'a été que de 0,27 pour 1,000. A vrai dire, l'année dernière fut une année tout exceptionnelle ; car, grâce aux grands travaux d'hygiène et aussi à une température plus douce, la mortalité générale ne fut que de 18,9 pour 1,000 pour toute l'Angleterre, et, en comparant ce chiffre avec la moyenne des dix années précédentes, on peut dire que nous avons sauvé, pendant l'année 1881, la vie à 66,000 personnes.

« Mais en Europe, et en France surtout, que peut-on espérer d'égouts qui, d'une part, n'ont pas de ventilation et, d'autre part, ne sont pas séparés des maisons sur leurs bords ? On ne peut prétendre que ce soit une bonne chose de ventiler l'égout au niveau de la rue.

« Il vaudrait mieux des appels d'air qui iraient jusqu'aux toits des maisons, où les germes pourraient s'oxygéner avant de retomber dans la rue, et surtout il vaudrait mieux utiliser des fourneaux et hautes cheminées de fabriques pour brûler et ventiler les émanations des égouts. Mais, à part ces travaux publics, chaque maison dans l'aménagement de ces tuyaux de chute, doit se protéger contre l'air des égouts. Pour cela, des siphons ne suffisent pas; car plus on en met, plus il y a de danger que leurs actions ne se détruisent mutuellement, en produisant par aspiration un vide dans les tuyaux. Cela explique peut-être la plus grande fréquence de maladies dans les maisons de Glasgow, citées par M. le Dr Varrentrapp, où il y a deux water-closets. Pour éviter ce danger de *siphonage* et rendre les siphons vraiment utiles, il faut une ventilation complète des tuyaux de chute, et que l'air de l'égout, frappant l'eau de ces siphons, se trouve détourné par la ventilation; sans cela, assurément, les miasmes traverseraient l'eau des siphons.

« En outre, nous avons en Angleterre ce que nous appelons des « intercepteurs », où tous les tuyaux de chute de la maison aboutissent et sont coupés, c'est-à-dire ne vont pas directement à l'égout. Là l'air de l'égout, remontant vers la maison, se trouve détourné par une ouverture donnant soit sur la rue, soit sur le toit des maisons.

« Nous devons prévoir la possibilité d'un égout qui ne fonctionnerait pas bien, qui serait insuffisamment ventilé, et c'est dans cette prévision qu'on a inventé ces « intercepteurs » contre les émanations qui autrement pourraient entrer dans les maisons.

« Mais en France tous les égouts que j'ai vus, ajoute M. Smith, n'ont pas de ventilateurs; les maisons n'ont pas d'intercepteurs, n'ont pas même de siphons. Vos maisons me font l'effet d'immenses poumons; vos tuyaux de chute de bronches qui aspirent grâce à leur position plus élevée et à la différence de leur température les miasmes et les microbes des égouts pour les digérer dans vos chambres et les rejeter au dehors par les fenêtres.

« Après tout, l'air de l'égout vous revient dans la rue et ceci après avoir empoisonné le monde, en filtrant à travers vos maisons. Il faut une ventilation continuelle et à court espace. Ces principes sont reconnus partout en Angleterre ; mais Robert Rawlinson a, plus que tout autre personne, contribué à obtenir leur application pratique. Je ne suis ici que le simple porte-voix, pour proclamer les moyens qui ont sauvé la vie à des milliers de mes compatriotes.

» Il faut détruire les microbes avec de fortes doses d'oxygène ; il faut de nombreux et puissants ventilateurs à vos égouts, il faut ventiler chacun de vos tuyaux de chute, il faut balayer avec de l'air frais l'endroit où s'opère la jonction entre les tuyaux de chute privés et l'égout public, il faut en un mot de l'oxygène, encore de l'oxygène et toujours de l'oxygène. »

M. le Dr Van Overbeck de Meijer (d'Utrecht) fait la critique des divers systèmes proposés, et tout particulièrement de celui appliqué à Paris (voir ses articles dans la *Revue d'hygiène*, t. I, p. 967, et t. II, p. 6, 176 et 363) ; il conclut, comme dans les articles auxquels nous croyons devoir renvoyer, aux avantages fournis par le système dit du capitaine Liernur, et il cite à ce propos la réponse suivante, que le Conseil communal d'Amsterdam vient d'envoyer à la date du 24 août 1882, en réponse à une lettre des autorités de la ville de Prague : 1° Le système Liernur, a, depuis onze ans, très bien fonctionné sous le rapport technique ; 2° l'exploitation de ce système est très peu coûteuse, quand le système est appliqué avec pompe pneumatique centrale ; les intérêts et l'amortissement étant comptés à 5 0/0, les frais d'exploitation se sont élevés, tout compris, à 0,34 par tête et par an ; 3° les conduites métalliques sont absolument étanches, les rares encombrements observés ont été presque exclusivement causés par des abus dans les cabinets, jamais un de ces encombrements n'a empêché l'enlèvement des matières fécales des maisons voisines ; 4° les calculs du capitaine Liernur méritent toute confiance, les frais d'exploitation n'ont même pas atteint la somme par lui calculée ; 5° le système est supérieur à tous les autres systèmes connus, sous le rapport hygiénique, finanicer, esthétique et technique.

M. le Dr LAYET (de Bordeaux) est d'avis que le système du tout à l'égout ne peut offrir de sérieux avantages, qu'autant qu'il est appliqué avec une très abondante chasse d'eau et aussi une ventilation active ; il faudrait alors disposer de vastes tuyaux d'appel, à certains endroits du réseau.

M. le Dr SOYKA (de Munich), l'auteur remarquable du rapport lu à la neuvième réunion des hygiénistes allemands, à Vienne, en 1881, sur l'influence pathogénique des égouts, expose les considérations qui l'ont amené à formuler les conclusions de son rapport, conclusions démontrant que la propagation des maladies épidémiques se fait d'une façon entièrement indépendante des gaz d'égouts. Notre collaborateur, M. le Dr Zuber, a résumé ce rapport et les discussions auxquelles il a donné lieu au Congrès de Vienne, à la page 410, de la présente année.

M. le Dr LOISEAU, conseiller municipal de Paris, est partisan du tout à l'égout. Sans doute les moyens d'application peuvent être en partie défectueux ; il faut les perfectionner, et c'est d'ailleurs ce que l'on a déjà fait à Paris, où les égouts constituent certainement pour la salubrité un immense progrès, surtout si l'on considère ce qu'ont de désagréable, et même de dangereux, les divers modes de vidange encore employés ; l'évacuation directe et constante par les égouts remédierait à cet état de choses, à condition que toutes les immondices y entrent et en sortent, mais seulement par les voies ménagées à cet effet, et à condition aussi qu'une quantité d'eau suffisante circule, tant pour la propreté que comme force motrice capable d'établir un écoulement continu. Quant aux essais d'irrigation à Gennevilliers, l'expérience a désormais prononcé en leur faveur ; les bénéfices qu'on en retire sont indiscutables à tous les points de vue.

Séance du vendredi, 8 septembre.

Continuation de la discussion sur les vidanges et les égouts. — M. Amoudruz (de Genève) est l'auteur d'un système de vidange hydraulique, appliqué à Genève, et qu'il propose de généraliser à Paris et dans d'autres villes. Le tout à l'égout est obligatoire à Genève et dans sa banlieue, et le mode d'installation des appareils libres, chaque propriétaire comme chaque architecte pouvant employer le système qui lui convient, pourvu que la salubrité ne soit pas compromise. L'emploi des petits réservoirs, souvent terminés par un coupe-vent en communication avec l'égout par un petit branchement particulier, n'est nullement obligatoire ; cependant toutes les maisons sans exception en sont pourvues, et personne ne songerait à installer soit une grande fosse, soit même des appareils filtrants. Ces réservoirs doivent être vidés, au moins deux fois par an ; on employait à cet effet soit des pompes, soit l'épuisement à la poche, opérations difficiles, coûteuses et malpropres, lorsque M. Amoudruz supprima ces inconvénients, par le procédé suivant : il remplaça le trapon rond ou carré, bouchant le trou d'extraction des fosses (souvent situées sur la rue) par un bouchon de même forme, à calotte légèrement sphérique, dont le bord inférieur est garni d'une couronne de caoutchouc, deux crampons à écrou servent à faire presser hermétiquement ce bouchon sur le bord ; au centre, et dans une plaque de caoutchouc, est ménagé un trou, dans lequel on introduit une lance analogue à celle des pompes à incendie ; cette lance étant mise en communication avec la bouche d'arrosage, on peut ainsi projeter dans le réservoir une masse d'eau ayant une pression suffisante, pour le débarrasser, en quelques minutes, des matières fécales qu'il contient et le remplir d'eau propre. On conçoit que cette opération se fasse sans dégager aucune odeur au dehors.

M. le Dʳ VILLIÈME (de Mons) fait la critique des divers systèmes actuellement en usage, et se prononce pour celui de Liernur, qui, dit-il, sépare très bien l'atmosphère des conduites de vidange de l'atmosphère des maisons.

M. le Dʳ HENROT (de Reims) constate que les ingénieurs font de magnifiques égouts, et que les médecins n'en doivent pas moins déclarer que ces égouts sont la cause d'épidémies dues sans nul doute à la viciation de l'air qu'ils renferment et qui se répand dans l'atmosphère extérieure, en produisant des effets fâcheux qu'on a maintes fois signalés. Quelle que soit la perfection avec laquelle les égouts sont construits, qu'ils soient même, comme à Reims, pourvus d'une chasse très abondante d'eau, il ne s'y trouve pas moins des points d'arrêt, des parties où les matières organiques se déposent : de là des épidémies de fièvre typhoïde, comme celles qu'on a naguère encore pu étudier à Nancy, à Reims, etc. D'ailleurs, le tout à l'égout n'est pas partout applicable. Mais, quand bien même les égouts sont convenablement installés, il importe au plus haut degré de ne pas laisser vicier l'air qu'ils renferment et pour cela de s'efforcer d'y maintenir un niveau d'eau constant.

M. le Dr Coverton (d'Ontario) lit un travail sur les égouts au Canada. Dans chaque district, un ingénieur nommé par l'État, est chargé d'inspecter régulièrement les égouts, ainsi que le système de la canalisation dans les maisons particulières et sur les voies publiques ; il donne aussitôt des statistiques permettant de reconnaître les résultats obtenus. Le tuyau de chute de la maison est relié à l'égout par un conduit qui emporte l'air vicié, après l'avoir fait passer par un siphon hydraulique et l'amène sur le toit par la cheminée de la cuisine.

M. le Dr Hauser (de Séville) présente un important mémoire dans lequel, étudiant la mortalité et la morbidité dans la ville de Séville, depuis un certain nombre d'années, il démontre que tous les quartiers munis d'égouts présentent des chiffres beaucoup moins élevés que les autres.

M. Bourrit (de Genève) déclare qu'à Genève on est très satisfait du tout à l'égout, et que personne ne voudrait prendre un autre système ; ce qui inquiète en ce moment dans cette ville, c'est le déversement des eaux d'égout dans le fleuve ; or, si l'on prolonge les égouts pour pratiquer l'utilisation générale de leurs eaux, il faudra diminuer leur pente, ou il deviendra nécessaire de construire de vastes égouts, dans lesquels la circulation serait possible ; dans ce cas, les égouts seront en communication avec l'air extérieur.

M. le Dr Julliard, ancien directeur de la salubrité à
Genève, rappelle qu'il existe dans ce canton une loi de
1829 sur les constructions dangereuses ou nuisibles au
public pour cause d'insalubrité, dont l'application suffi-
rait à entraver les dangers des évacuations ; il serait utile
de l'appliquer non seulement pour les constructions, mais
aussi pour toutes choses nuisibles au public.

M. le Dr de Valcourt (de Cannes) demande si, dans
les villes où la pente est faible, le tout à l'égout est pré-
férable à la canalisation séparée, et s'il faut pousser
d'une façon générale l'envoi des produits des égouts dans
la mer, surtout s'il s'agit d'une mer n'ayant ni flux ni
reflux.

M. Durand-Claye, résumant ces discussions, constate
que presque tous ses collègues étrangers ont appuyé le
tout à l'égout, et que, d'après les renseignements fournis,
sauf la ville de Manchester qui n'a pu d'ailleurs installer
ce système dans de bonnes conditions, toutes les villes
qui le pratiquent s'en félicitent ; il constate aussi que
ceux de ses collègues qui le repoussent ne l'ont pas étudié
dans ses applications, et qu'ils sont mus dans leur oppo-
sition par des craintes uniquement théoriques.

Repoussant ensuite, en quelques phrases pleines d'hu-
mour et de rigueur scientifique, les principes qui se dé-
gagent de cette discussion au point de vue de l'assainissement des villes, il montre que cet assainissement ne
peut s'opérer sans une grande quantité d'eau et aussi
qu'il est indispensable d'établir l'évacuation des immondices par un mouvement continu, de façon à empêcher
la stagnation, qui entraîne forcément la putréfaction. Les
égouts doivent donc être abondamment pourvus d'air et
d'eau, avec une pente suffisante pour un très prompt
écoulement ; le calcul démontre qu'il faut alors qu'ils

soient à grande section : ils ne doivent pas renfermer de conduits spéciaux pour les vidanges, et, quand aux expériences d'utilisation agricole d'eaux d'égouts faites à Gennevilliers, il se borne, comme il l'a fait tant de fois déjà, à y donner rendez-vous à ses contradicteurs. — La Section accueille les paroles de M. Durand-Claye par des applaudissements prolongés.

PARIS. — IMPRIMERIE CHAIX, 20, RUE BERGÈRE. — 24517-2.